Geneviève Brisac

Olga et les traîtres

Illustrations de Michel Gay

Mouche

l'école des loisirs

11, rue de Sèvres, Paris 6e

Du même auteur à *l'école des loisirs*

Les amies d'Olga, collection Mouche
Les champignons d'Olga, collection Mouche
Le Noël d'Olga, collection Mouche
Olga, collection Mouche
Olga au ski, collection Mouche
Olga n'aime pas l'école, collection Mouche

Monelle et les baby-sitters, collection Neuf

Loi n° 49.956 du 16 juillet 1949 sur les publications destinées à la jeunesse : mars 1996
Dépôt légal : mars 1996
Imprimé en France par Jean Lamour à Maxéville

Pour Alice et Éléonore

Chapitre un
Huit ans, CM1

Olga a huit ans depuis deux jours.

– Il y a un proverbe très important quand on aborde sa huitième année, lui dit son grand-père d'un air grave. En plus, il est très facile à retenir : « huit ans, huitième », ce qui signifie qu'on n'est ni en avance, ni en retard, mais juste comme il faut, un bon petit soldat. Le bon âge pour la bonne classe.

Et, en disant ces mots, il a l'air d'un roi. Clovis peut-être, pense Olga qui essaie d'utiliser au fur et à mesure ce qu'on lui raconte en classe, sinon elle oublie.

Comme Olga ne semble pas du tout convaincue de l'intérêt qu'il y aurait à se demander si on est en avance ou en retard dans la vie, il précise :

– À six ans, on apprend à lire, à sept ans, c'est l'âge de raison. Il faut une fleur spéciale pour chaque saison, n'est-ce pas ? C'est ce que signifie : « huit ans, huitième », une sorte de détermination à faire ce qu'on doit, advienne que pourra.

Et grand-père en parlant retrouve son sourire.

Olga est obligée de prendre un air patient pour lui expliquer que ça n'existe plus depuis des siècles, la huitième. Depuis que maman était petite, et encore. Décidément, grand-père ne fait vraiment pas attention à ce qui se passe dans le monde. Elle essaie de le mettre au courant :

– Tu comprends, maintenant il faudrait dire : « huit ans, CM1 ».

– Et qui va dire une chose pareille ? demande grand-père, perplexe.

– Personne, reconnaît modestement Olga. « Huit ans, CM1 » est un proverbe qui ne prendra jamais, ça ne rime pas du tout. Désolée.

Elle ne veut pas contrarier grand-père, lui faire découvrir qu'il ne sait pas compter, et qu'en vérité, avec son système, c'est « huit ans, CE2 » qui est juste, et « neuf ans, huitième », qui est correct, mais c'est trop compliqué et son cerveau s'emmêle.

– On n'a qu'à dire « huit ans, poil aux dents », remarque Esther, la grande sœur d'Olga, qui a douze ans, d'immenses cheveux bruns frisés, et qui se prétend poète sous prétexte qu'elle connaît *Cyrano de Bergerac* par cœur.

Grand-père roule des yeux noirs très fixes en serrant ses lèvres, qui deviennent pâles et presque invisibles, ce qui signifie qu'il est furieux. Il sort de la chambre des filles, où il était venu s'asseoir pour discuter, savoir où elles en sont. Et Olga est embêtée. C'est sûr, il est allé dire à maman, qui est sa propre fille, qu'il est très mécontent de l'éducation qu'elle donne à ses petits-enfants à lui. Il le répète toujours :

– Pour toi, dit-il à maman, on ne peut plus rien, mais les enfants, c'est différent.

Le laisser-aller est un des problèmes essentiels de la nouvelle génération, il l'a expliqué cent fois à Olga qui est tout à fait convaincue : l'habit fait le moine, et celui qui dit des gros mots a et aura une âme de cochon et un cœur de rat.

– Tu es folle ou quoi ? crie-t-elle à Esther. Dire *poil aux dents* devant grand-père ! Il faut courir lui dire pardon !

– Je suis peut-être folle, dit noblement Esther, mais primo on dit *demander* pardon, et non *dire* pardon, et deuzio, il vaut mieux être folle que lâche, et je me demande si tu ne files pas un mauvais coton.

Et elle laisse Olga assise par terre sur la moquette, anéantie par tout ce vocabulaire. Ce qui la trouble le plus, c'est de se dire qu'Esther n'a pas l'air du tout diminuée par l'usage de ces *poils aux pattes* et *poil au nez*, qu'elle distribue toute la sainte journée. Je dirai même au contraire qu'elle en paraît grandie. Et elle est toujours première en classe, ce qui n'est pas du tout normal. À moins que grand-père ne se trompe complètement, ce qui est quand même assez effrayant. Normalement, en vieillissant, on est de plus en plus sage et de plus en plus savant, sinon, qu'est-ce qu'on aurait en échange des rides, des cheveux qui tombent et du dentier dans un verre d'eau qu'on voit toujours dans les dessins animés ?

Olga essaie de ne rien oublier de toutes ces pensées pour en parler à maman plus tard, peut-être dans la salle de bains. C'est le meilleur endroit pour discuter. Maman s'assoit sur le rebord de la baignoire, comme dans *Chien bleu*, le livre préféré d'Olga quand elle était petite, et Olga joue avec la mousse du bain, ce qui aide beaucoup les idées à devenir claires.

L'ennui avec les pensées dont on veut se souvenir, c'est qu'elles glissent encore plus que le savon dans le bain, et qu'Olga n'est jamais arrivée à trouver un système de rangement qui aide à les retrouver. C'est comme les rêves. Quand on s'en souvient, on croit qu'on n'oubliera plus jamais, et schlouchtch, ça a filé, il n'y a plus même une petite trace de rien du tout.

Olga frappe à la porte de la chambre de maman. Elle est assise à son bureau, avec plein de papiers autour d'elle, des chemises en carton sur lesquelles elle dessine de beaux titres : BANQUE, SOLITUDE DES VIEUX, IMPÔTS, VACANCES, AMOUR ET MARIAGE, LE DÉFI, LOYERS

IMPAYÉS, LA REINE DES NEIGES. Tout ce qu'elle doit faire, elle le met dans une chemise en carton, les livres qu'elle écrit

comme les factures qu'elle classe. Et elle attache beaucoup d'importance à la présentation, comme la maîtresse d'Olga.

– Qu'est-ce que tu fais ? demande Olga poliment.

Il y a un petit nuage noir au-dessus de la tête de maman qui veut dire prudence.

– J'essaie de réfléchir, dit maman d'une voix de martyre. J'ai dix minutes par jour, pour réfléchir, avant de préparer le dîner. Et ton grand-père vient de me les voler.

Maman est obsédée par son temps. Elle en parle sans arrêt, le temps qu'on lui mange, le temps qu'elle perd, le temps que les autres ont, et pas elle. Olga pense qu'elle devrait juste se lever deux heures plus tôt tous les matins. Elle a calculé que maman économiserait ainsi cinq mille heures par an. Mais maman n'a aucun sens des petites économies qui font les grands empires. Elle ne s'intéresse qu'aux injustices, et spécialement aux injustices qui la frappent elle. C'est une rebelle.

– Tu peux me passer un carnet ? Je voudrais écrire des idées.

Olga parle très vite pour ne pas voler trop de temps à maman.

Maman oublie qu'elle n'a pas le temps.

– Quelles idées, ma puce ?

– Des idées sur...

Là, Olga s'aperçoit qu'elle a oublié. Mais ça ne fait rien, maman est en train de fouiller son bureau. Elle en sort un joli carnet noir à élastique, elle en arrache deux pages déjà couvertes de sa petite écriture noire.

– Tiens, voilà ce qu'il te faut.

Dès qu'il s'agit d'écrire des choses, elle se couperait en rondelles pour aider sa fille. Olga repart avec le carnet. Il est un peu petit pour elle mais ça ne fait

rien. Elle fait deux colonnes. Elle classe les choses de sa vie de sept ans qu'il faut éliminer, et celles de sa vie de huit ans. Le proverbe de grand-père, « huit ans, huitième», elle le met en titre énorme, parce que c'est beau et clair. Elle écrit aussi «huit ans, poil aux dents», parce que c'est un acte de courage, et qu'il lui paraît que huit ans est l'année du courage avant tout.

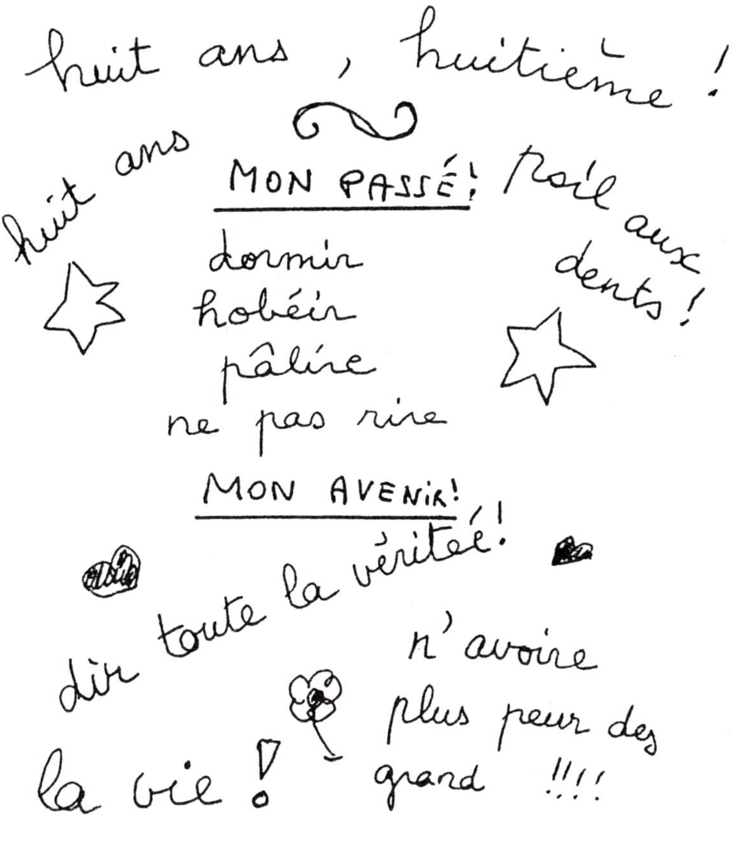

Quand la liste est terminée, elle referme le carnet et le cache dans un endroit secret, le cœur battant. C'est toujours pendant qu'on cache les choses que des gens entrent.

Chapitre deux
MAUVAISE JOURNÉE

Le lendemain matin, il fait très froid. Olga se dispute avec papa qui exige qu'elle mette un manteau horrible et des grosses chaussettes. Il veut que tout le monde se moque d'elle et qu'elle n'ait plus une seule copine, c'est évident. Olga cède, obligatoirement, mais elle laisse son petit déjeuner intact, en guise de vengeance. Ce sont des céréales très mauvaises, qui ressemblent à des crottes, et tous les enfants savent que ne rien manger le matin avant d'aller à l'école est un bon moyen d'embêter ses parents, surtout l'hiver. Désespérée, elle va faire un câlin à Schmurff, son hamster et fidèle confident.

– Tu vois, Schmurff, grand-père a voulu me faire croire qu'à huit ans, tout devenait différent, mais ce n'est pas vrai. Pourquoi est-ce qu'on m'oblige à mettre des chaussettes ? Les chaussettes c'est pour les mauviettes !

Schmurff lui lèche le nez, sa spécialité. C'est assez brillant pour un hamster. Et Olga quitte la maison en claquant la porte trop fort, on pourra toujours dire que c'est le vent. Il fait à peine jour, et les feuilles du jardin qu'elle traverse pour arriver au petit collège volent comme des chauves-souris orange. Par terre aussi, c'est orange, jaune et plein de marrons. Olga remplit les immenses poches de son manteau, autant avoir vraiment l'air d'un épouvantail. Elle se plante des feuilles dans les cheveux et commence à se sentir de meilleure humeur. Elle voit devant elle une petite silhouette familière, c'est

Natacha, une fille de sa classe avec qui elle fait souvent le chemin. Olga hurle. Natacha se retourne. Elles courent l'une vers l'autre, en ballottant leurs sacs à dos.

On dirait un film, la journée s'arrange.

Ce qu'il y a de vraiment bien avec Natacha, c'est qu'elle aime discuter autant qu'Olga. Discuter de Dieu, de l'injustice et des choses dégueulasses qui arrivent tout le temps. Elles disent: «Encore un truc dèg'!» Elles le disent presque tous les jours, comme une prière, comme une collection, comme une petite preuve qu'elles ouvrent l'œil.

Il y a un rayon de soleil glacial qui effleure leurs têtes, elles chantonnent un rap inventé pour se donner du courage:

Toi qui vas à l'école
t'as vraiment pas de bol
mais moi qui n'y vais pas
j'ai encore plus froid que toi

Les marrons tintinnabulent dans leurs poches. Ça va.

Dans la classe, surprise, la maîtresse n'est pas là. Il y a un bruit énorme. Tout le monde crie, on ne sait pas pourquoi.

Arthur et Samuel ont entamé une immense fresque au tableau, où se retrouvent des fantômes, Batman, Dracula, Davy Crockett, les Ghostbusters, et Candy. Il y a des bombardements de pogs et quelqu'un s'amuse à utiliser l'interrupteur comme un spot dans une boîte de nuit : la classe vibre, plongée tour à tour dans le noir et la pleine lumière. Trois filles, qui se prennent pour les top models de la classe, dansent en se gondolant sur des tables. Elles vont tomber d'un instant à l'autre, mais en attendant, elles s'amusent bien. On n'imaginerait pas que trente-cinq enfants de CM1 puissent être aussi réveillés à huit heures quarante-cinq, un matin de novembre. Soudain, la porte s'ouvre. C'était prévisible, mais ça fait toujours aussi peur.

Caroline crie :

– Attention, voilà le…

– Directeur! complète monsieur Bouclet, le directeur.

Il sourit, mais cela ne présage rien de bon. Toujours souriant, il note les noms de Victoire Guény, Caroline Forgeotte et Ludivine Ragoussa, les trois danseuses. Il les punit :

– Vous me ferez une rédaction de trois pages sur le sujet de *La Cigale et la Fourmi* : expliquer l'histoire, inventer une histoire d'aujourd'hui sur le même sujet, et recopier le devoir trois fois, ce qui fera trois pages, nous sommes bien d'accord ?

Trois pages… Il est fou ! pense Olga. Fou, peut-être, mais fou souriant, monsieur Bouclet reprend la parole. Il a amené avec lui une remplaçante pour la maîtresse, qui sera absente toute la semaine. Olga l'écoute d'une oreille, elle rêvasse en même temps. De toute manière, ce qu'il annonce, on s'en apercevra bien à temps. Elle pense que monsieur Bouclet est sûrement très fier de ses

immenses dents blanches, sinon il ne sourirait pas sans arrêt. Olga se demande s'il n'a pas été crocodile dans une autre vie, c'est très dur de sourire en parlant. Cela dit, les crocodiles sont mieux connus pour leurs larmes que pour leur sourire plein de dents. Et on n'imagine pas du tout monsieur Bouclet pleurer, même crocodilement. Ça y est, elle a trouvé : il ressemble à Fernandel. Il faut vite le dire à Natacha. Olga fait un petit mot avec un dessin et hop, le message passe de main en main. Natacha rigole. Elle fait un petit geste sous la table, qui veut dire : « Tu l'as dit, bouffi ! »

– Voici donc votre remplaçante, continue monsieur Bouclet. Elle s'appelle madame Gant.

Personne ne sourit, mais il y a un petit vent qui flotte sur la classe. Monsieur Bouclet sort dignement.

Madame Gant regarde ses nouveaux

élèves. Elle est très spéciale, et Olga a un peu envie de pleurer en l'observant. Elle aimerait faire un petit dessin pour ne plus avoir peur, mais c'est trop dangereux.

Alors voici le dessin qu'Olga ne peut pas faire :

Madame Gant a des cheveux gris fer, un rouge à lèvres trop rouge, des yeux plissés, une jupe plissée aussi, un air très énergique, et une voix métallique qui sort de sa personne métallique. Elle a des chaussures plates, et un foulard Hermès plein de chevaux.

Elle prend une voix de loup qui frappe à la porte des sept chevreaux pour parler à sa nouvelle classe. Du miel, mais du miel qui fait peur !

– On va voir votre niveau, mes petits biquets, mamie Gant va vous interroger, pour savoir à quelle catastrophe elle a affaire. C'est bien simple, partout où je vais, j'éteins des incendies. Les incendies de l'ignorance ! AH ! AH ! AH ! *Mamie Gant, pompier volant*, tel est mon slogan !

Olga ne sait pas ce que signifie « slogan », mais ça ne la rassure pas, ses jambes tremblent un peu et ses mains ont du mal à sortir ses affaires de sa trousse. Éloi, à côté d'elle, n'a pas l'air rassuré non plus.

– Prenez une feuille, écrivez votre nom en haut à gauche, la date en haut à droite, et hop, conjugaison, dictée et opérations !

On a l'impression que c'est la guerre. On n'entend plus une mouche, juste Ludivine qui renifle, à cause de sa punition. L'interrogation est très difficile. Madame Gant passe dans les rangs en claquant des talons et en faisant un tas de petits bruits inquiétants.

Enfin, la cloche sonne, elle ramasse les feuilles, c'est l'heure de la récréation, et tout le monde sort ou plutôt jaillit de la classe, comme de la mousse d'une bouteille de Coca qu'on a secouée.

Natacha et Olga se réfugient dans un coin secret, derrière l'infirmerie. Elles sont énervées.

– Madame Gant, poil aux dents,

voilà ce que j'en pense, dit Olga, soulagée par son insolence.

– Madame Moufle, poil au souffle, tente Natacha, mais c'est un peu nul.

– Madame Mitaine, poil à la bedaine, essaie Olga, raffinée.

– Oui, c'est ça, Croquemitaine! dit Natacha. On y est.

Elles éprouvent ce sentiment rare et précieux d'avoir découvert le vrai nom, et *donc* la vraie nature de cette inquiétante personne.

Il faut se méfier d'elle.

Après la récréation, madame Gant donne deux pages à lire en silence dans le livre de lecture, en notant tous les adjectifs sur deux colonnes, masculins à gauche et féminins à droite. Olga aime bien ce genre d'exercices, c'est un peu comme les coloriages quand on est plus petit : il faut être soigneux et en même temps, une fois qu'on a compris, il n'y a pas d'effort à faire, la main agit toute seule.

Pendant ce temps, madame Gant corrige les feuilles, en levant de temps à autre son nez et en jetant un regard circulaire et électrique sur toute la classe.

Quand la fin de la matinée arrive, elle reprend sa voix de loup fariné pour dire que les copies seront rendues cet après-midi, et ensuite, discussion, «car je sais, dit-elle, que vous adorez discuter. Et moi aussi j'adore!» ajoute-t-elle en frappant dans ses mains.

– Je me demande, si elle n'est pas un peu folle… suggère Olga à ses copines.

– *Complètement* folle, poil aux guibolles, dit Natacha, qui a pris goût à ce jeu idiot.

Mais tout le monde n'est pas de cet avis.

Bizarrement, Ludivine, Caroline et Victoire trouvent madame Gant vraiment bonne prof, et sérieuse aussi.

– On se sent bien, c'est calme avec elle, dit Victoire.

Olga n'en revient pas.

– Ce n'est absolument pas calme, remarque-t-elle, madame Gant est complètement agitée, elle parle très fort, elle se tripote les cheveux sans arrêt, elle rit toute seule de ses blagues, elle se moque de Saturnin Noyau, parce qu'il a un nom rigolo, c'est une dictatrice en herbe, et le calme dont vous parlez, c'est le silence des trouillards, c'est la terreur des lâches.

Les derniers mots, en fait, viennent d'un film qu'Esther adore, *L'Homme qui tua Liberty Valance*.

Chapitre trois
À la guerre comme à la guerre

Dès deux heures, tout le monde est assis dans la classe. Il y a un rayon de soleil qui tape juste sur le bouquet de fleurs que madame Malevitch, la maîtresse de d'habitude, a cueilli la semaine passée. Les marguerites jaunes et rouge foncé ont l'air fatigué. Ça fait un peu de peine à Olga. Ça veut peut-être dire que la maîtresse va très mal. Et si les fleurs fanent, on saura qu'elle est morte. Il y a une histoire qui raconte quelque chose comme ça, Olga ne sait plus où, mais elle aime mélanger les idées des histoires et les idées de la vie.

– Jette donc ces fleurs fanées aux cabinets, dit madame Gant à Élodie qui est assise au premier rang.

Olga a le cœur qui se serre. Il faut refuser, résister! Mais Élodie se lève et sort avec la cruche brune et les fleurs condamnées.

Madame Gant donne les feuilles à distribuer à Olga et Natacha.

De près, elle a une tonne de poudre sur la figure, et un parfum terrible, genre ascenseur. Olga a remarqué que les ascenseurs conservent spécialement bien les odeurs qui donnent mal au cœur : la fumée de cigarette et les parfums trop forts et fleuris, lilas, muguet et seringa par exemple.

Les feuilles sont couvertes de coups de stylo Bic rouges et verts, avec de grandes ratures, comme des griffes.

Olga voit plein de zéros et de nouveau ses jambes mollissent. « Décidément je suis une lâche », pense-t-elle. Et elle essaie de se chantonner la phrase de son grand-père : « huit ans, huitième », comme une minuscule marche militaire secrète.

Madame Gant prend la parole.

– C'est la Bérézina, dit-elle, jamais je n'ai vu une classe pareille. Et j'en ai vu des catastrophes, des Waterloo, des Trafalgar.

Tout le monde se regarde. « C'est des endroits à Londres ! » murmure Saturnin Noyau qui voyage beaucoup à cause de sa mère, qui est interprète dans le monde entier. En tout cas, c'est ce qu'il dit. Mais sur l'estrade, la remplaçante roule des yeux plutôt terribles pour quelqu'un qui parle de Londres.

– Vous êtes des ignorants, des analphabètes et des illettrés, des barbares, des boit-sans-soif, des goût-à-rien-sauce-d'eau, des…

Elle a l'air de manquer de mots.

– Des nuls, madame ! dit quelqu'un, pour aider.

Madame Gant en rougit de fureur.

– On se tait ! hurle-t-elle.

Et on n'entend plus rien, à part les reniflements de Ludivine qui a un sur vingt.

C'est très mal vu de pleurer en classe pour une sale note. Ça fait bébé. Tout le monde a honte pour elle, d'autant que tout le monde a moins de quatre sur vingt. Ou quatre, comme Olga et Natacha.

– C'était un devoir type du début de l'année du certificat d'études de 1943, dit madame Gant. Vous n'arriverez jamais à la cheville de vos grands-parents.

Et Olga ne peut s'empêcher d'imaginer une forêt de vieilles chevilles. Tant pis, pense-t-elle. On essaiera de faire autre chose. Les serrer dans nos bras, écouter leurs histoires, leur apprendre à se servir d'un ordinateur, leur raconter des films, leur chanter des chansons. Mais elle est tirée de sa riposte silencieuse par une main qui lui tire la manche. Une main en colère, avec au bout, le bras et même le corps entier de madame Gant.

– Et maintenant, la discussion, dit la nouvelle maîtresse d'un air très satisfait. Sujet : Pourquoi êtes-vous si mauvais ?

Olga manque de claironner : poil au mollet. Heureusement, elle se retient à temps. Personne ne dit rien. Olga sent dans sa tête une sorte de brouillard blanc jaunâtre, comme si son cerveau était bourré de coton. Plus une seule idée. Elle ne comprend même pas la question.

– Je répète : pourquoi personne ne sait-il rien dans ce soi-disant CM1 ? dit madame Gant d'un air méchant. Et en plus, je vous préviens qu'il me faut des réponses. On restera ici aussi longtemps qu'il faudra.

– Est-ce qu'elle a le droit de nous garder la nuit ? souffle Natacha, qui est très pâle.

Il se passe alors une chose très bizarre, une sorte de dégel. Olga sent d'abord, juste derrière elle, quelqu'un qui gigote, et juste à côté du gigoteur, quelqu'un qui se tortille. Le gigoteur, c'est Sébastien, le type dont toutes les filles sont amoureuses, qui est premier en tout, et qui n'oublie jamais sa flûte à bec ni ses

affaires de gym. Le tortilleur est une tortilleuse, Ludivine, une fille qui a une opinion sur tout.

Sébastien lève le doigt.

– Je t'écoute ! dit madame Gant.

– Depuis qu'on a madame Malevitch on ne fait rien dans cette classe, dit le traître d'une seule tirade. Pas de devoirs à la maison. Il y en a dans la classe qui ne savent pas leurs tables de multiplication. En tout cas pas au-dessus des cinq. On ne fait jamais de grammaire, et la maîtresse écrit tout au tableau. On a même fait du théâtre et de la poésie, et on va au musée parce que la maîtresse, elle trouve que la peinture c'est très important. On se demande vraiment comment nous pourrions avoir du travail plus tard, en faisant du dessin, de la peinture, de la musique, du théâtre et de l'ordinateur. Nous ne saurons jamais travailler, puisque nous avons perdu tout sens de l'effort. À quoi sert le mal que se sont donné nos parents ?

– On dirait que c'est sa voix mais

que quelqu'un parle à travers lui, souffle Natacha à Olga. On dirait qu'il a été pris en possession, tu crois qu'un démon a décidé de s'installer chez lui comme un bernard-l'ermite ?

– Impossible : il est trop laid, pouffe Olga. Je dirais plutôt qu'un perroquet parle par sa bouche de petit chouchou. C'est des mots de grandes personnes, point final. Et on dit pas « pris en possession » ! On se demande où tu vas à l'école !

Natacha riposte :

– Je te dirais qu'on ne dit pas « on » sans arrêt, quand on veut donner des leçons de français à ses amies ! « On » n'est pas mon cousin ! disait ma grand-mère.

Elles sont interrompues dans leurs chuchotis par la voix de miel empoisonné de madame Gant.

– Comme tu es courageux, mon garçon ! Et lucide ! Est-ce que quelqu'un dans cette classe connaît le sens du mot « lucide » ?

On peut voir que Ludivine est déçue, parce que sa minute d'héroïne va être supprimée si la maîtresse se lance dans une explication de mot.

Elle relève le doigt très haut en tenant son bras avec son autre bras, et en se tordant sur elle-même. Même sa bouche penche !

– Oui, Ludivine, dit madame Gant.

– Lucide, ça veut dire « qui sait bien lire » !

Il y a un silence épaté dans la classe. Cette Ludivine, elle sait des choses incroyables !

Mais madame Gant a pris un petit air pète-sec.

– S'il y a une chose que je déteste sur terre, c'est les réponses en l'air. Ludivine, tu as un zéro et une punition pour te lester la cervelle.

– C'est quoi « laisseter » ? demande Olga à Natacha, mettre en laisse ?

– Moi, je crois qu'elle n'aime pas les filles, répond Natacha. T'as vu comme elle était gentille avec Sébastien et immonde avec Ludivine ?

Elles hésitent à montrer leur indignation, parce que après tout, Ludivine est une sale plouc. Pourtant le grand-père d'Olga dit souvent que la lutte contre l'injustice ne doit pas tenir compte de la sympathie qu'on a pour les victimes. C'est difficile à comprendre et encore plus à faire.

Évidemment Ludivine pleure. Sa voisine, Victoire, prend courageusement sa défense.

– C'est pas ça qu'elle voulait dire, madame, miaule-t-elle d'un ton véhément.

– On ne dit pas « ça », qui est laid et ressemble à une bouse de vache, on dit « cela » quand on est bien élevé, riposte madame Gant, royale. Et que voulait dire votre amie ?

– Mon amie…, commence Victoire.

Tout le monde éclate de rire.

– Je vous conseille de vous calmer, mes petits lapins, sinon gare au civet! dit madame Gant.

Silence instantané. Personne ne sait ce qu'est un civet, mais personne n'a envie de le savoir.

– Je t'écoute, Victoire.

– On voulait dire que la maîtresse elle nous laisse trop faire ce qu'on veut, alors, on travaille pas, et mon père dit qu'on n'a pas le niveau et qu'on l'aura jamais, et on voulait dire qu'il y en a qui…

Après elle, deux ou trois autres enfants lèvent la main pour dire qu'ils ne savent rien, qu'ils veulent bien travailler. Même Saturnin, dont madame Gant s'est moquée ce matin, peut-être pour se rattraper ou pour une autre raison secrète, se lève et se met à réciter sa table des huit.

Zoran dit qu'il est bien content de pouvoir enfin dire tout ce qui n'allait pas avec madame Malevitch.

– D'ailleurs, ce n'est pas une vraie maîtresse de CM1, dit Alcide Philippon, c'est ma mère qui l'a dit, elle vient d'une école spéciale, étrangère, où ils n'étudient pas comme nous.

Olga a senti sa tête devenir toute chaude et son cœur se mettre à battre très vite. Une force qu'elle ne connaît pas la pousse à se lever, et une voix qu'elle ne connaît pas sort de sa bouche. Elle ne parle pas spécialement à madame Gant, mais plutôt à tous les enfants de la classe :

– De quoi avez-vous donc peur ? Si nous sommes nuls, c'est de notre faute à nous. Si nous avions eu envie de travailler, l'an dernier, ce n'est sûrement pas madame Malevitch qui nous en aurait empêchés ! C'est un peu facile de dénoncer quelqu'un qui n'est pas là, et qui est malade. Quelqu'un qui a toujours été gentil avec nous. D'ailleurs, c'est ça que vous lui reprochez ! Vous n'êtes que des fayots, poil au dos !

Elle bégaie, et les larmes lui montent aux yeux, alors elle se mord les joues très fort, c'est un truc qui marche toujours.

Natacha a senti qu'il fallait se battre. Elle se lève aussi.

– Moi, ce que je dis, c'est qu'il y a ici des traîtres, et des lèche-bottes, poil de marmotte.

Madame Gant est très pâle.
– Je vois, dit-elle. Je vois.

Mais personne ne l'entend parce qu'une gigantesque bagarre a éclaté dans la classe. Tout le monde bourre tout le monde de coups de coude, de coups de genou et de coups de boule. Les cahiers volent. Ce qui est très bizarre, c'est qu'exceptionnellement, il y a autant de filles que de garçons dans cette guerre entre les défenseurs de madame Malevitch et ceux de madame Gant.

Madame Gant regarde la classe avec horreur, elle pousse de petits cris et agite les bras. Il lui faudrait un sifflet ou une sonnette, ou un jet d'eau.

C'est à cet instant que la porte s'ouvre.

– Attention, voilà le… crie quelqu'un.

– Directeur, dit monsieur le directeur qui ne sourit pas, cette fois-ci.

– Madame Gant, puis-je vous demander ce qui se passe ?

– C'est c'est je je ja ja papapa…

Madame Gant bégaie.

Les enfants se sont immobilisés dans la position où monsieur Bouclet les a trouvés.

On dirait la fin du monde, ou une pluie de cendres, ou Pompéi, pense Olga, on pourrait nous retrouver dans dix mille ans, et les archéologues se demanderaient ce qui nous est arrivé.

– Reprenez-vous, madame Gant, je suis très étonné, nous vous avons confié une classe très calme, très douce et très facile.

– Poil aux cils, murmure le voisin d'Olga, Kevin.

Peut-être qu'il a la maladie.

– Que leur avez-vous fait, pour qu'ils

soient dans un état pareil à la fin de la journée ? continue monsieur Bouclet. Sans doute avez-vous manqué d'autorité, il faut vous ressaisir, un peu de fermeté ne nuit pas, vous savez.

C'est à cet instant qu'on entend un grand schloumpff, un bruit mou et lourd, c'est madame Gant qui vient de tomber, ou plutôt de glisser à la renverse, comme dans les films.

– Tu te rends compte la chance qu'elle a de savoir tomber dans les pommes comme ça, souffle Olga à Natacha.

Monsieur Bouclet s'est rué sur madame Gant, il lui donne quelques claques, la classe a du mal à ne pas rire. Seule Ludivine pleure un peu, probablement par habitude.

Quand la remplaçante est ranimée et assise, le directeur se tourne vers la classe :

– Et maintenant, qui va me dire ce qui se passe ?

Silence.

Le silence dure assez longtemps.

– Personne n'a rien à dire, note le directeur. Il ne s'est rien passé, alors ?

Il regarde tous les élèves un par un,

bien dans les yeux. Le silence s'épaissit comme une sauce Béchamel.

Monsieur Bouclet prend madame Gant par le bras, et il sort.

Quatrième
et bref dernier chapitre...
ET PAIX

La cloche sonne, juste à cet instant.

– Je crois qu'on a tous appris quelque chose! dit pensivement Olga à Natacha, tandis qu'elles traversent le square en donnant des coups de pied dans les marrons.

– Ça m'étonnerait, réplique Natacha. Ça m'étonnerait que la bande des traîtres ait compris quoi que ce soit. Ils ont eu peur de madame Gant et ils ont trahi madame Malevitch. Et puis ensuite, ils ont eu peur de Bouclet, et ils ont lâché madame Gant. Les êtres humains sont méchants, poil de serpent.

– C'est *poil au* et pas *poil de*, je te signale, réplique Olga tristement.

Elles entendent des cris derrière elles. Horreur et damnation ! C'est Ludivine et Caroline.

– Elles ont l'air contentes comme tout ! dit Olga qui s'est retournée pour les voir arriver.

Caroline passe son bras autour des épaules d'Olga qui déteste que des gens qu'elle n'a pas choisis la touchent. Elle se tait, tout le monde se tait, c'est le nouveau genre, le silence.

Olga enlève le bras.

– Vous avez eu drôlement raison, dit soudain Caroline. Je ne sais pas ce qui nous a pris. C'est comme si on avait été ensorcelés par la peur. On disait des

phrases, on ne savait même pas d'où elles venaient. Parce que moi, je l'adore, madame Malevitch.

– Moi aussi, je l'adore, dit Ludivine. La semaine prochaine, je vais lui apporter des fleurs, plein de fleurs rouges et jaunes. Y en a dans le jardin de mon oncle. Olga repense au bouquet de marguerites sacrifié.

– Il fallait t'en apercevoir avant, dit-elle sèchement à Ludivine.

– Je sais, dit Ludivine en se tripotant les cheveux, mais on voudrait vous demander quelque chose.

– Quel genre ? demande Olga, méfiante.

– Vous ne direz rien à madame Malevitch, hein ?

– On n'est pas des traîtres ! disent ensemble Olga et Natacha. Et elles s'éloignent dignement des deux autres. On peut être magnanimes, mais il ne faut pas exagérer non plus.

– Tu crois qu'on pourrait devenir comme elles ? demande Natacha. Ça me fait peur d'y penser.

– T'inquiète pas, moi je te préviendrai, répond Olga, et elles courent en donnant des coups de pied dans les marrons.